SCOOBY-DOO!™

Gare aux loups-garous!

Gail Herman

Illustrations de Duendes

Texte français de Marie-Carole Daigle

Les éditions Scholastic

Copyright © Hanna-Barbera, 2001.

CARTOON NETWORK et le logo sont des marques déposées de Cartoon Network, Inc. © 2001. SCOOBY-DOO et tous les personnages et éléments connexes sont des marques déposées de Hanna-Barbera.

Copyright © Les éditions Scholastic, 2001, pour le texte français.

Tous droits réservés.

ISBN 0-439-98616-8

Titre original : Scooby-Doo! Howling on the Playground.

Conception graphique de Mary Hall.

Édition publiée par Les éditions Scholastic, 175 Hillmount Road, Markham (Ontario) L6C 1Z7.

5 4 3 2 1   Imprimé au Canada   01 02 03 04

Bang, bang! Toc, toc!

Scooby-Doo, Sammy et leurs amis
aménagent un terrain de jeu.

L'oncle de Daphné a fourni les matériaux
nécessaires à l'aménagement d'un terrain de jeu
dans le quartier.

Les amis mettent la main à la pâte.
Sammy est au marteau.

« Oups! dit Sammy à Scooby. Un
peu plus, et c'est toi que je clouais. »

« Arrêtez ce vacarme! » crie soudain une vieille dame. Surgissant de la maison d'à côté, elle regarde les amis d'un air fâché : « Qu'est-ce qui se passe ici? »

« Nous aménageons un terrain de jeu »,
lui répond David Boisvert, le responsable.
La femme se fâche encore plus.

« Un terrain de jeu, c'est bruyant! Je n'en veux pas chez moi. Je vais trouver un moyen d'arrêter ce chantier, je vous le garantis! »

Le lendemain, les amis se remettent au travail.

« Cette Edna Spring ne nous arrêtera pas »,
lance David.

« Commençons par le carré de sable », dit-il
aux amis.

« Quelqu'un a parlé de carré aux dattes? »
demande Sammy.
« J'ignore quelle date nous sommes, mais
c'est sûrement l'heure d'aller manger »,
dit-il à Scooby.

« Manger? s'étonne David. Mais il n'est que neuf heures! C'est plutôt le moment de se mettre au travail! »

« Sûrement pas! s'exclame Edna Spring en s'approchant du groupe. Si j'étais vous, j'arrêterais ce chantier. »

« Je sais, je sais, répond David en soupirant. Vous ne voulez pas de terrain de jeu. »

La vieille femme hoche la tête. « Là n'est pas la question. C'est plein de loups-garous, ici. Je les ai entendus hurler toute la nuit. Cet endroit ne convient pas à un terrain de jeu. »

« Des loups-garous? » s'étonne Daphné.

« On dirait bien que l'équipe de Mystères inc.
va devoir intervenir! » dit Freddy.

« Je sais comment vérifier cette histoire de
loups-garous », dit Véra.

« Ce soir, ce sera la pleine lune », explique Freddy aux amis.

« Nous passerons la nuit dans le parc, ajoute Véra. Nous verrons bien s'il y a des loups-garous. »

Cette nuit-là, la lune éclaire le parc. Les piles de
bois projettent des ombres étranges, qui donnent
la frousse à Sammy. Il regarde un peu aux
alentours, mais tout est calme.

« Il ne se passe rien ici, dit-il. Scoob, allons
prendre une dernière collation avant de rentrer. »

« R'ouais! » convient Scooby.

« Pas si vite! » s'écrie Véra.

« Resteriez-vous en échange d'un Scooby Snax? »
demande Daphné.

En un éclair, Sammy et Scooby avalent les friandises.
« J'ai encore faim, dit Sammy. Allez, on part! »

Hou-hou-ou-ou! Un hurlement résonne dans
le parc.

« C'est ton ventre qui grogne comme ça, Scoob? »
demande Sammy.

Scooby secoue la tête : « R'on! »

Sammy avale de travers : « Alors, ce sont les
loups-garous! » s'écrie-t-il.

Sammy et Scooby bondissent de frayeur.

Ils se précipitent vers la sortie du parc.

« Disons que j'ai assez joué dans ce parc »,

dit Sammy.

Soudain, ils entendent un hurlement en

provenance de la sortie.

« Rou-garou! » s'écrie Scooby.

Scooby et Sammy s'enfuient, le loup-garou à leurs trousses.

Ils courent autour des balançoires.

« Aïe! » s'exclame Sammy en recevant une balançoire derrière la tête.

Hou-hou-ou-ou! hurle le loup-garou.

Sammy et Scooby tentent de remonter la glissoire à l'envers, mais ils dérapent et retombent.

Ils n'arrivent pas à s'échapper!

« Scooby! Sammy! crie Véra. Arrêtez de faire
les fous! »

« Véra! dit Sammy. Au secours! »

« Au recours! » aboie Scooby.

Sammy aperçoit la pile de sacs de sable.

« Sautons là-dessus », dit-il à Scooby.

Scooby ferme les yeux : « Run! Reux! Rois! ».

« Allez, saute! » crie Sammy.

Ils s'élancent sur les sacs et entendent un autre hurlement.

« Eh bien, notre loup-garou est encore là! » s'écrie Sammy.

Sur ce, Scooby hoche la tête. Maintenant qu'il est plus près, il sait qu'il ne s'agit pas de loups-garous. Ce sont plutôt…

« Des riots! » dit-il.

« Des chiots? » répète Sammy.

Scooby pointe du museau vers les sacs de sable.

Il y a là quatre petits chiens, prêts à s'amuser.

« Bon, c'est bien, Scooby, tu as découvert des chiots. Mais que fais-tu des loups-garous? »

« C'est *eux*, les loups-garous », dit Véra, en s'approchant.

« Tu ne comprends pas? Ils hurlent parce qu'ils ont froid et faim », dit Freddy.

« Vous faites encore du bruit! » interrompt Edna Spring.

« Eh oui! ajoute David Boisvert, en hâtant le pas. Je suis venu jeter un coup d'œil. Que se passe-t-il donc? »

« Scooby a découvert les loups-garous »,
explique Véra.

David n'en croit pas ses yeux.

« Sauf que ce n'était qu'une bande de chiots! »
ajoute Daphné.

« Des chiots! dit Edna. Comme ils sont mignons! »

« Des riots pour r'Edna », dit Scooby.

« Bonne idée! » dit Véra.

« Edna, aimeriez-vous offrir un foyer à ces petits chiens? » demande Freddy.

Edna sourit. « Et comment! s'exclame-t-elle. D'ailleurs, vous savez quoi? Les chiots adorent s'amuser dans un terrain de jeu! »

Une semaine plus tard, le terrain de jeu est prêt.
Au beau milieu trône une statue de Scooby
entouré des chiots.

« J'ai baptisé les chiots Daphné, Freddy, Véra et Sammy », annonce Edna aux amis.

« Pourquoi pas Scooby? » demande Véra.

« Parce qu'il n'y a qu'un seul et unique
Scooby-Doo! » répond Edna.

« Scooby-Dooby-Doo! » hurle Scooby.